AF359606

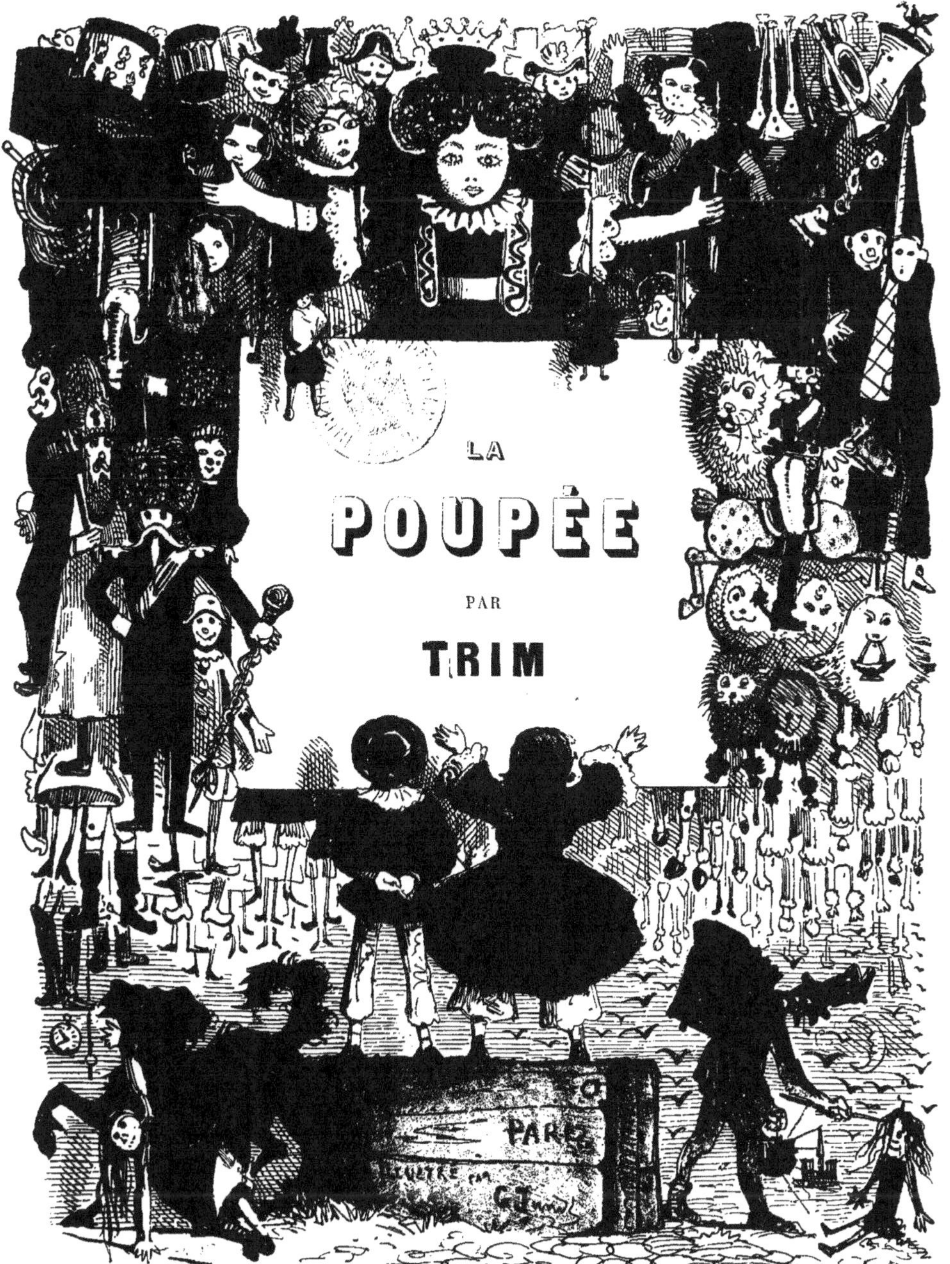

LA
POUPÉE
PAR
TRIM
PARIS

PARIS. — IMPRIMERIE DE CH. LAHURE
Rue de Fleurus, 9

Aux vitres de Giroux on voyait la Poupée.
Était-elle jolie et rose et bien campée,
Toute nue au milieu des toutous, des soldats,
Qui ne lui disaient rien et ne remuaient pas !

« Oh, maman ! donne-moi celle-là ! » dit Aline.

Or Aline parlait d'une voix si câline,

Aline avait été si sage ce jour-là

Que sa mère lui dit : « Je l'achète : prends-la ! »

Aline triomphante emporta sa conquête :

« Ma fille ! ce sera ma fille, quelle fête !

Je m'en vais la soigner, l'habiller, l'élever ! »

Aline à la maison se hâta d'arriver,

Et vous la voyez là gravement occupée

A l'immense plaisir d'habiller sa poupée.

Le soir, elle s'amuse à la déshabiller.
Avant que de poser son front sur l'oreiller,
Voyez avec quel soin mademoiselle Aline
A la chère poupée ôte sa crinoline.

Et puis elle la prend gentiment dans ses bras,
La couche dans son lit et lui borde ses draps,
Lui fait joindre les mains pour dire sa prière,
Et lui baise les yeux comme une bonne mère.

Aline à sa poupée apprend à lire ici.

B, A : BA ; C, A : CA ; C, E : CE ; C, I : CI.

Mais la poupée avait une tête fort dure,

Elle prenait fort mal sa leçon de lecture,

Elle ne faisait pas de fautes ; mais nul son

Ne sortait de sa bouche : on eût dit d'un poisson.

Aussi, quand la leçon de lecture est finie,

Elle va dans le coin : la paresse est punie.

A table, maintenant ! là l'on ne boude pas.

Quelle bonne dînette et quel gentil repas !

Dans sa cuisine Aline a tout fait elle-même :

Du bon potage au pain, et de la bonne crème !

La poupée est assise, elle se tient très-bien

Et ne se salit pas et ne demande rien.

Aline mange tout, et chose insupportable,

Elle met en mangeant les coudes sur la table.

La dinette est finie : Aline n'a plus faim.

Elle prend une ombrelle et sa poupée en main ;

Elle joue à présent à faire la visite :

« Bonjour ! Vous le voyez, j'amène ma petite. »

La poupée est malade : elle souffre et pâtit :

Elle ne parle pas et n'a pas d'appétit.

Aline s'inquiète. Elle la déshabille,

La met au lit, et veille au chevet de sa fille.

C'est son frère Gaston qui fait le médecin.

Aline, désolée, accourt à sa rencontre :

Il s'assied près du lit, grave, tire sa montre,

Tâte le pouls et dit : « Donnez-lui du ricin. »

Les bobos sont passés, les souffrances guéries.

Aline mène alors sa fille aux Tuileries;

C'est là que l'on s'amuse et que les enfants vont,

Leur poupée à la main, sauter, danser en rond.

Aline monte après dans la voiture aux chèvres.

La poupée est devant sans desserrer les lèvres,

Et le petit Gaston, sur le siége monté,

Conduit la marche avec beaucoup de dignité.

Aline et sa poupée, encor plus amusées,

S'arrêtent chez Guignol, dans les Champs-Élysées.

Polichinelle est gai; le chat joue à ravir;

La marchande qui passe ajoute à leur *plaisir*.

De retour au logis, Gaston, plein d'un beau zèle,

Fait danser la poupée avec Polichinelle.

Aline fait l'orchestre, assise au piano ;

On s'amuse beaucoup : *do, ré, mi, fa, mi, do.*

Mais, en dansant, voilà monsieur Polichinelle

Qui se flanque par terre avec sa demoiselle :

Lui couché sur le dos, elle sur le devant,

Les bras tendus en croix, la crinoline au vent.

La situation était déjà triste : or

Voilà que justement entre le chien Médor.

En voyant la poupée immobile par terre,

   Sans rien comprendre à ce mystère,

Il regarde d'abord de ses yeux étonnés

Et lui met brusquement la patte sur le nez.

Puis il prend dans sa gueule un des bras, le soulève,

Et le tire si fort qu'il l'arrache et l'enlève.

Aline à son secours se précipite. Hélas !

Il est trop tard : il manque à la poupée un bras.

Sur un bon canapé la poupée étendue

Se tait, pendant qu'Aline, elle, toute éperdue,

Pleure, et, de désespoir, s'arrache les cheveux.

La bonne est accourue à ses cris douloureux.

Aline eut un chagrin très-grand pendant une heure ;

Mais on ne peut pleurer jusqu'à ce que l'on meure :

Elle se consola. Seulement, de ce jour,

Pour sa fille sans bras elle n'eut plus d'amour ;

Elle ne voulait plus s'amuser avec elle ;

Et la pauvre poupée, hélas ! qui n'est plus belle,

Est mise de côté, jetée en un panier,

Puis misérablement reléguée au grenier.

Le chat, qui la trouva le long d'une gouttière,

La descendit chez la portière ;

Son sort n'y fut pas plus heureux :

Les enfants du portier se l'arrachaient entre eux.

Pour les mettre d'accord, à la fin le concierge

Jette dans le ruisseau les morceaux de la vierge :

Le bras qui lui restait ne tenait plus au corps.

Et tout le son coulait dehors.

Le soir, un chiffonnier la pêchant dans la crotte,

La prit et l'emporta dans le fond de sa hotte....

Après avoir brillé, donné tant de plaisir,

O Poupée, est-ce ainsi que tu devais finir !

Mais Aline en dormant revoyait sa poupée,

Au-dessus de son lit, de blanc enveloppée :

« Ingrate enfant, disait la Poupée ; ah, pourquoi

M'avoir abandonnée ? Oh, que c'est mal à toi !

Tu t'amusais de moi pendant que j'étais belle ;

Et pour un bras de moins, tu m'as, enfant cruelle,

Laissé périr, sans plus vouloir me regarder....

N'aurais-tu pas mieux fait de me raccommoder ? »

PARIS. — IMPRIMERIE DE CH. LAHURE ET Cⁱᵉ, RUE DE FLEURUS, 9.